AF224672

PRIX : UN FRANC.

PARIS. — IMPRIMERIE ET FONDERIE DE FAIN,
RUE RACINE, n°. 4, PLACE DE L'ODÉON.

LETTRE
A UNE DAME,

EN RÉPONSE

A SES QUESTIONS

SUR

QUELQUES ACTES DU GOUVERNEMENT,

CONCERNANT

LA RELIGION ET LES PRÊTRES.

PAR UN HABITANT DE L'OUEST,

AMI DE LA MONARCHIE CONSTITUTIONNELLE
ET DE L'ORDRE PUBLIC.

A PARIS,
CHEZ DELAUNAY, LIBRAIRE, AU PALAIS-ROYAL.

1832.

AVERTISSEMENT.

L'auteur de cet opuscule, a eu pour but, en se déterminant à le publier, d'éclairer et de détromper les personnes pieuses de bonne foi, auxquelles les prétendus soutiens de l'autel sont parvenus, au mépris de la vérité, à faire croire que le Gouvernement avait eu des vues hostiles contre la religion, en la séparant de l'État, en faisant enlever les croix, en supprimant la loi du sacrilége, et en faisant emprisonner les prêtres.

LETTRE

A UNE DAME.

———◦———

9 juillet 1832.

« Madame,

» Je m'empresse de répondre, selon mes faibles capacités, aux quatre importantes questions que vous avez bien voulu m'adresser. »

PREMIÈRE QUESTION.

« *Est-il vrai que le Gouvernement ait cherché à détruire la religion, en la séparant de l'État ?* »

« Non, Madame.

» Le souverain législateur des chrétiens, enseignant aux hommes sa sublime morale, leur annonça que son royaume n'était pas de ce monde, que la puissance qu'il exerçait sur la terre était toute céleste, toute spirituelle, et qu'elle n'avait rien de commun avec la puissance temporelle.

» Il sépara donc lui-même le spirituel du temporel, comme devant être absolument indépendans l'un de l'autre. C'était assez clairement défendre à ses apôtres, à ses ministres, d'étendre les bornes de la puissance spirituelle dans le domaine de la puissance temporelle.

» Mais, par la suite des temps, ces deux puissances s'allièrent au mépris de la parole divine, puis elles s'asservirent et se persécutèrent réciproquement.

» La religion eut d'autant plus à déplorer les résultats de cette alliance incompatible du sacré avec le profane, qu'elle en reçut de graves atteintes, et qu'elle perdit son indépendance.

» L'avoir détachée du char de l'État, c'est donc l'avoir remise à sa place, c'est l'avoir relevée de l'abaissement où elle était tombée, c'est en un mot lui avoir rendu autant que possible sa primitive dignité ; ce n'est donc point avoir cherché à la détruire. »

DEUXIÈME QUESTION.

« *Est-il vrai que le Gouvernement ait cherché à détruire la religion, en faisant enlever les croix ?* »

« Non, Madame.

» Reportons-nous aux temps et aux circonstances.

» Les jésuites missionnaires s'aliénèrent beaucoup d'esprits, surtout pendant la dernière année de la restauration, en prêchant sur la politique une doctrine destructive de la liberté, doctrine étrangère à celle de l'Évangile; en déclamant avec une extrême irritation, en jetant feu et flamme contre les journaux libéraux; en les signalant comme des productions impies, infernales; en défendant expressément de les lire; en imprimant l'effroi, en semant la division dans les esprits; enfin, en employant tous les moyens que leur ardente imagination pouvait concevoir pour reprendre une attitude formidable, pour reprendre, à l'aide d'un grand coup d'état, leur ancienne domination.

» Les ordonnances du 25 juillet 1830 réalisèrent ce coup d'état, qu'ils attendaient avec une si vive impatience : elles foulèrent aux pieds la loi fondamentale; elles déchirèrent brusquement le pacte de la grande famille, qui existait entre le Roi et ses sujets. Jamais outrage plus sensible n'avait été fait à une nation; jamais agression n'avait été plus révoltante : toute la France en fut consternée; chacun eut le douloureux pressentiment que la guerre civile allait éclater.

» En effet, bientôt on vit les soldats et les citoyens se battre en ennemis acharnés, s'entr'égorger impitoyablement, ceux-ci pour la cause de la liberté, ceux-là pour la cause d'une dynastie qui s'écroulait, enchaînée par le fanatisme. On vit, pendant trois jours, le sang français couler à flots dans la capitale; on vit la terre gémir sous des monceaux de morts, en attendant qu'elle les reçût entassés dans son sein ; on vit, sur les lieux où tant de victimes venaient d'être immolées, des parens, des amis éplorés, courant, cherchant les objets de leurs plus tendres affections, et ne les retrouvant plus, ou ne les retrouvant qu'effroyablement mutilés, que pour être témoins de leurs derniers soupirs, que pour en recevoir le dernier adieu.

» Le sacrifice est consommé ! Ah ! changeons de tableau !

» La cause de la liberté ayant complétement triomphé, ses valeureux défenseurs remirent l'épée dans le fourreau ; les sentimens généreux remplacèrent les sentimens de colère, de vengeance ; l'ordre succéda au désordre ; les Députés de la nation refirent promptement sa Charte constitutionnelle ; un nouveau Gouvernement fut établi ; la loi reprit son empire, et la France, enfin rassurée, rendit mille actions de grâces au ciel, qui l'avait si visiblement secourue et sauvée.

» Il ne fallait plus aux Français, pour rétablir promptement la confiance, pour faire fleurir le commerce, l'industrie, pour être heureux, que se rendre dociles à la voix de la raison, que s'unir, que seconder, d'un commun accord, le Gouvernement dans ses dispositions pacifiques, dans ses vues bienfaisantes, et que confondre leurs intérêts particuliers avec l'intérêt du pays.

» Mais malheureusement les passions aveugles,

l'orgueil, l'ambition, l'égoïsme, le fanatisme de la liberté, le fanatisme religieux, ne voulurent pas qu'il en fût ainsi.

» Pardonnez-moi, Madame, cette digression, elle a été amenée naturellement.

» Je reviens à mon principal sujet.

» Au moment où les jésuites appelaient la foudre sur les têtes à opinions libérales, qui n'avaient point voulu courber le front sous leur joug, ni par conviction, ni par hypocrisie, la foudre les frappa eux-mêmes, et leur règne, déjà tant de fois tombé et tant de fois relevé, disparut de nouveau, mais les souvenirs restèrent.

» Le bruit se répandit bientôt dans beaucoup de villes que les belles croix de mission étaient menacées d'être détruites, en haine du jésuitisme qui les avait naguère plantées sur les places publiques en forme de monumens.

» L'autorité s'empressa de faire garder ces croix, jour et nuit, par des factionnaires, et, craignant que cette mesure ne fût pas suffisante, en certains endroits, pour les préserver de toute insulte, elle fit transporter celles qui s'y trouvaient dans des églises, non-seulement avec respect, mais encore avec toutes les précautions nécessaires, afin qu'elles ne fussent point endommagées.

» Certes, le Gouvernement ne pouvait pas protéger le symbole de notre religion avec plus de zèle ni avec plus d'efficacité.

» Aussi les *francs* catholiques applaudirent-ils à la sagesse de sa conduite.

» Mais si d'un côté la raison parla, de l'autre le fanatisme hurla. Le fanatisme! il aurait voulu que les croix, qui rappelaient les derniers anathèmes lancés par ces *bons* pères jésuites, restassent en place, au risque d'être profanées, et qu'on livrât les profanateurs à la hache du bourreau.

Qu'ils sont à plaindre, les *pauvres* esprits fanatisés! Dans leurs accès frénétiques, ils se tourmentent, ils se croient inspirés d'en Haut, et c'est l'enfer qui les fait manœuvrer. »

TROISIÈME QUESTION.

« *Est-il vrai que le Gouvernement ait cherché à détruire la religion, en supprimant la loi du sacrilége?* »

« Non, Madame.

» *Sacrilége* signifie proprement larcin des choses sacrées servant aux cérémonies religieuses, et généralement profanation de ces mêmes choses et de toutes les choses saintes ou dévouées à Dieu.

» Ainsi, dérober un vase sacré, c'est commettre un vol et en même temps un sacrilége.

» Ce vol constitue un crime ou un délit contre le droit de propriété, qui blesse des intérêts temporels, qui offense la société; c'est donc à la justice humaine qu'il appartient d'en rechercher l'auteur et de le punir.

» Mais quant à la circonstance aggravante du sacrilége, il en est tout autrement.

» En effet, le sacrilége ne blesse que des intérêts spirituels, il n'offense que Dieu; ce n'est donc qu'à Dieu seul qu'il appartient de punir le malheureux qui s'en est rendu coupable, ou d'étendre sur lui sa miséricorde infinie.

» Conséquemment, la loi humaine, qui s'était arrogé le droit de punir le sacrilége, avait usurpé, pour ce cas de conscience, le pouvoir divin.

» D'ailleurs, la loi du sacrilége était une loi sanguinaire, et la religion a horreur du sang; une loi si injuste, qu'elle frappait indistinctement toutes les croyances religieuses, et la religion ne frappe jamais l'ignorance invincible de ses dogmes.

» Enfin, la loi du sacrilége avait mis une arme meurtrière entre les mains du cruel fanatisme, pour s'en servir à la plus grande gloire de la *sainte* inquisition, et les atrocités et les forfaits que l'histoire reproche à la *sainte* inquisition font frémir d'indignation l'univers.

» Avoir supprimé cette loi, c'est donc avoir fait un acte de justice, un acte d'humanité, que la religion elle-même réclamait. »

QUATRIÈME ET DERNIÈRE QUESTION.

« *Est-il vrai que le Gouvernement ait cherché à détruire la religion, en faisant emprisonner les prêtres ?* »

« Non, Madame.

» D'abord, il n'est pas exact de dire que le Gouvernement ait fait emprisonner les prêtres, car, depuis la révolution de juillet, aucun prêtre n'a été emprisonné par la raison qu'il était prêtre.

» Ensuite, si quelques prêtres ont été emprisonnés, c'est uniquement parce qu'ils étaient prévenus d'avoir enfreint la loi, soit dans l'exercice de leurs fonctions, soit dans leur conduite privée.

» Toutefois, les portes des prisons se sont ouvertes le plus promptement que possible, par les soins empressés des magistrats d'instruction, pour les prêtres arrêtés dans des circonstances extraordinaires, contre lesquels il n'y avait pas lieu à suivre.

» Au reste, sous le précédent Gouvernement, les prêtres n'étaient pas plus exempts d'être emprisonnés que sous le Gouvernement actuel ; les annales judiciaires en font foi.

» Il est sans doute très-affligeant de voir des ecclésiastiques repris de justice ; mais avant tout ils sont citoyens, et ils doivent d'autant moins être soustraits à la punition qu'ils peuvent avoir encourue, comme sujets de la loi commune, que plus le caractère dont ils sont revêtus les rapproche de la Divinité, plus ils sont coupables quand ils le déshonorent par des paroles ou des actions criminelles.

» Les prêtres à esprit de parti, les prêtres passionnés, turbulens, les prêtres fanatiques, intolérans, qui accusent à faux le Gouvernement de vouloir détruire la religion, sont bien loin de remplir les devoirs du bon prêtre, comme les remplissent ces estimables Pasteurs, qui marchent continuellement sur les traces du Dieu de paix et de charité dont ils sont les ministres; qui ne voient que des frères dans tous les hommes, pauvres ou riches, quelles que soient leurs opinions politiques et religieuses; qui ne s'étudient qu'à faire tout le bien que la haute confiance qu'ils inspirent les met dans la possibilité de faire chaque jour; qui, dans les temps malheureux de discordes civiles, redoublent d'efforts pour apaiser les esprits, pour les concilier, pour les ramener avec franchise et loyauté, par la douceur, par la persuasion, aux véritables principes religieux, à l'amour du prochain, à l'amour de la patrie, à l'obéissance aux lois, à la soumission au Gouvernement; qui portent partout les plus douces consolations que l'homme affligé puisse recevoir dans ce bas-monde; qui enfin, après avoir ainsi relevé l'éclat du sacerdoce chrétien, terminent leur honorable carrière, enrichis de bonnes œuvres, et vont en recevoir la juste récompense.

» Ceux-ci, dignes modèles de toutes les vertus, dignes représentans de Dieu sur la terre, dignes de tous respects, ont toujours été et seront toujours protégés par le Gouvernement; ont toujours été et seront toujours généralement aimés, généralement vénérés.

» Tels sont, Madame, les motifs sur lesquels je me fonde pour répondre négativement à vos quatre questions. Puissent-ils dissiper entièrement les fausses et inquiétantes idées qu'on vous a inculquées, soit par ignorance, soit par malice, au sujet de la religion à laquelle je vous félicite d'autant plus d'être sincèrement attachée, qu'elle ne peut que vous rendre heureuse, en la pratiquant dans toute sa pureté!

» Qu'elle est touchante, la pure morale évangélique! qu'elle est aimable et douce! qu'elle a d'attraits!

» Quant aux hypocrites, je suis, Madame, parfaitement de votre avis, ils sont les plus grands ennemis de la religion, et cela est si vrai, que Dieu a dit qu'il les *vomissait.* »

« Hypocrite, cafard, cagot et bigot sont synonymes.

» L'*hypocrite* joue la dévotion afin de cacher ses vices; le *cafard* affecte une dévotion séduisante pour la faire servir à ses fins; le *cagot* charge le rôle de la dévotion, dans la vue d'être impunément méchant et pervers ; le *bigot* se voue aux petites pratiques de dévotion, afin de se dispenser des devoirs de la vraie piété. Le premier abuse de la religion, le second la prostitue, le troisième la dénature, le dernier l'avilit. La dévotion est, chez l'*hypocrite*, un masque ; chez le *cafard*, un leurre ; chez le *cagot*, un métier ; chez le *bigot*, une livrée. » (D. d. L.)

« Il faut ajouter les superstitieux, qui ont une fausse croyance en fait de religion, et les fanatiques, animés d'un faux zèle religieux qui leur trouble la tête et les rend capables des actions les plus extravagantes et les plus cruelles.

» En résumé, la religion ne produit que de bons fruits. L'hypocrisie et le fanatisme n'en produisent que de mauvais, ils ne font que des dupes et des victimes.

» Je réclame toute votre indulgence, Madame, pour cet écrit, beaucoup plus long que je ne croyais d'abord le faire, et je vous prie surtout de croire que je n'ai voulu censurer les opinions ni la conduite d'aucune personne en particulier.

» Veuillez bien, Madame, agréer mes sentimens les plus respectueux avec lesquels j'ai l'honneur d'être, etc. »

Nota. La Dame qui a posé les *Questions* ci-dessus a été très-satisfaite des Réponses, ainsi que plusieurs autres personnes d'un mérite distingué.